5 SPIEGEL-BILDER

CARIN REITERER   CARIN REITERER VERLAG

Die Deutsche Bibliothek - CIP-Einheitsaufnahme

Ein Titeldatensatz für diese Publikation ist bei
Der Deutschen Bibliothek erhältlich.

Originalausgabe

Copyright © 2002 by Carin Reiterer
Umschlaggestaltung: Carin Reiterer
Satz: Carin Reiterer
Printed in Germany
ISBN 3-9807755-3-4

Herstellung: Books on Demand GmbH

I

JAHRES-SPIEGEL

Frühling-
das Leben erwacht.
Jeden Tag geschehen neue Wunder.
Es ist die einzige unbeschwerte Zeit des
Jahres, ohne Ahnung von Vergänglichkeit.

Sommer-
das Leben steht in voller Blüte.
Man mag sich nicht vorstellen, daß es je
enden könnte.
Und doch liegt schon manchmal eine erste
Ahnung vom nahenden Herbst in der Luft.

Herbst-
alles wird welk.
Die Bäume lassen ihre Blätter fallen, die Tiere
suchen sich eine Zuflucht für den Winter.
Und doch gibt es so viel Hoffnung, denn oft
ist noch ein Hauch vom vergangenen Sommer
in den Herzen.

Winter-
der Kreis schließt sich.
Die Natur erstarrt unter Schnee und Eis,
doch auch das geschieht ohne Melancholie.
Selbst der längste Winter hat ein Ende,
und es wird immer wieder einen neuen
Frühling geben.
Das ist der Lauf der Dinge…

II

SEELEN-SPIEGEL

Sie hält eine Fotografie in ihren Händen, als man sie findet.

Sie umklammert diese Fotografie mit aller Gewalt, so daß es nicht möglich ist, ihre Finger davon zu lösen.

Niemand kennt den Mann auf der Fotografie, was natürlich einige Fragen aufwirft.

Doch es gibt Geheimnisse, die man mit ins Grab nimmt...

Es ist ein heißer Sommertag.

Auch ohne Gewitter kann ein Blitz einschlagen.

Ein Blick in seine Augen- schon ist es um sie geschehen.

Sie weiß, daß diese Begegnung ihr Leben verändern wird.

Was sie nicht weiß, ist, daß in der Tat bereits in diesem Augenblick das Schicksal beider besiegelt ist.

Doch zunächst läßt sie alles auf sich zukommen.

Und tatsächlich- ihre Liebe stößt auf Gegenliebe.

Das ist einigermaßen erstaunlich, denn die beiden,
die sich auf den ersten Blick ineinander verlieben,
scheinen auf den ersten Blick gar nicht zueinander
zu passen.

Aber fragt Liebe danach?

Sie schwebt auf Wolken.

Ihr fällt zwar auf, daß diesem Mann von Anfang an
eine gewisse Traurigkeit eigen ist- warum dies der
Fall ist, kann sie jedoch nicht erahnen.

Wie sollte sie auch?

Vielleicht hätte seine Melancholie ihr zu denken
geben müssen- doch sie ist zu euphorisch, um sich
ernsthafte Sorgen zu machen.

Sie sieht vielmehr eine rosige Zukunft vor sich mit
allem, was sie sich jemals erträumt hat.

Seine Zurückhaltung hält sie für Schüchternheit,
die sich bald legen wird.

Das ist jedoch nicht der Fall- im Gegenteil, es wird
immer offensichtlicher, daß etwas nicht stimmt.

Je mehr sie für ihn empfindet, desto mehr distanziert
er sich von ihr.

Sie kann sich keinen Reim darauf machen.

Ich muß mich von ihr fernhalten- auch wenn
ihr das weh tut.
Ich habe es schon viel zu weit kommen lassen.
Wird sie das verstehen?

Immer, wenn ich ihm vermeintlich ein kleines
Stück nähergekommen bin, zieht er sich wieder
zurück.
Ich verstehe das nicht.

Ich möchte nicht, daß sie alles erfährt.
Lieber verschwinde ich spurlos, als ihr zu
sagen, daß ich nicht der starke Mann bin,
für den sie mich hält.
Diese Enttäuschung möchte ich ihr ersparen.

Ich will endlich wissen, was mit ihm los ist.
Ich habe eine Erklärung verdient.
Er muß doch wissen, daß er mir alles sagen kann.

Wann sie von seiner Krankheit erfährt, läßt
sich im nachhinein nicht mehr feststellen.
Fest steht nur, daß die Krankheit auf einmal
da ist, unauslöschlich, ein Teil des Lebens beider.

Hoffentlich ahnt sie nicht das ganze Ausmaß der
Krankheit.
Das wäre mir unangenehm.

Jetzt weiß ich alles.
Nun verstehe ich seine Zurückhaltung viel besser-
geboren aus der Angst, sich offenbaren zu müssen
und möglicherweise zurückgewiesen zu werden.

Ich fürchte, daß sie trotzdem bei mir bleiben will.
Doch ich möchte ihre Illusion nicht zerstören.
Das würde alles nur noch schlimmer machen, als
es ohnehin schon ist.

Ich liebe ihn trotz der Krankheit- obwohl ich
das alles erst einmal verarbeiten muß.
Hoffentlich geht er nicht.

Wenn sie wüßte, daß die Krankheit unheilbar
ist...
Hätte sie dann Mitleid mit mir?
Das könnte ich nicht ertragen.

Habe ich Mitleid mit ihm?
Auf eine gewisse Art und Weise habe ich
natürlich Mitleid wegen all der Schmerzen,
die er erlitten hat und vermutlich noch erleiden
wird.
Aber Mitleid ist nicht mein Motiv, bei ihm zu
bleiben.
Das würde er nicht wollen.
Ich würde ihm damit keinen Gefallen tun.

Sie glaubt, mich nicht verlassen zu dürfen,
weil sie es nicht mit ihrem Gewissen vereinbaren
kann, einen kranken Menschen im Stich zu lassen.
Nur deshalb bleibt sie bei mir.

An meinen Gefühlen hat sich nichts geändert.
Sie sind höchstens noch stärker geworden- aus
Bewunderung für ihn, überhaupt mit dieser
Krankheit zu leben und sich nicht aufzugeben.

Ich bin nicht in der Lage, Hilfe von ihr
anzunehmen.
Ich muß sie auch vor sich selbst schützen.
Ich darf nicht zulassen, daß sie mit offenen
Augen in ihr Unglück rennt.

Ich möchte ihm so gerne helfen.
Vielleicht finden wir gemeinsam einen Weg,
mit der Situation umzugehen.

Er ist verzweifelt.
Wie kann er ihr nur begreiflich machen,
daß sie ohne ihn ein glücklicheres Leben
führen wird als mit ihm?
Mit einem gesunden Mann, mit gesunden
Kindern?
Daß es für ihre Liebe keine Zukunft gibt?
Daß sie mehr Glück verdient?
Wie?

Sie ist verzweifelt.
Wie kann sie ihm nur begreiflich machen,
daß sie mit der Krankheit wird leben können?
Daß ihre Liebe daran nicht zerbrechen wird?
Daß sie immer für ihn da sein wird?
Wie?

Warum läßt sie mich nicht einfach in Ruhe?
Ich kann ihr keine Zukunft bieten.
Sie kann auch ohne mich leben.

Ich kann ihn nicht aufgeben.
Er bedeutet mir viel zuviel.

So langsam reicht es mir.
Warum begreift sie nicht endlich, daß es besser
wäre, die Finger voneinander zu lassen?

Ich bin nicht bereit, die Krankheit als
Trennungsgrund zu akzeptieren.
Ich hoffe, daß es eine Zukunft für uns
geben wird.

Ich bringe es nicht über das Herz, sie
unglücklich zu machen.
Es wäre egoistisch, ihr diese Last aufzubürden.
Sie würde daran zerbrechen.
Unsere Zukunft ist zu ungewiß, als daß wir
Pläne schmieden könnten.

Es gibt nur eine große Liebe im Leben.
Wenn ich ihn verliere, wird es mir nicht
möglich sein, einen anderen Mann zu lieben.
Ich werde ihn niemals vergessen.

Ihre ganze Liebe kann ihn nicht aufhalten.
Er geht und kommt nicht mehr zurück.
Sie sehen sich niemals wieder.

Doch sie können einander nicht vergessen.
Es ist nicht möglich, die Erinnerung auszulöschen-
sosehr sie sich auch bemühen.
Sie finden nicht mehr in ihr voriges Leben zurück-
es hat sich zu sehr verändert.
Unabhängig voneinander steuern beide auf
ein Desaster zu.
Alles stürzt zusammen, alles endet in einer
großen Katastrophe...

Er hält eine Fotografie in seinen Händen, als man ihn findet.

Er umklammert diese Fotografie mit aller Gewalt, so daß es nicht möglich ist, seine Finger davon zu lösen.

Niemand kennt die Frau auf der Fotografie, was natürlich einige Fragen aufwirft.

Doch es gibt Geheimnisse, die man mit ins Grab nimmt...

III

SPIEGEL-GESICHTER

Ich gehe meines Weges.

Plötzlich steht ein kleines Mädchen vor mir.

"Was hast Du aus Deinem Leben gemacht?"

fragt es mich unvermittelt.

"Hast Du Deine Talente, die Dir geschenkt

wurden, gepflegt und weiterentwickelt?

Hast Du das Bestmögliche aus Dir gemacht?

Lebst Du Deine Kinderträume?

Machst Du das, was Du schon immer machen

wolltest?"

Ich zucke zusammen, irgendwie peinlich berührt.

"Nein...ich...ja...also...", antworte ich mit

rotem Kopf.

"Siehst Du?" sagt es triumphierend.

"Ich habe es gewußt.

Nichts hast Du getan.

Du läßt Dich durch das Leben treiben.

Deine Möglichkeiten hast Du nicht genutzt.

Du solltest Dich schämen!"

Und das kleine Mädchen verschwindet so plötzlich,

wie es gekommen ist.

Ich gehe meines Weges.

Plötzlich steht eine junge Frau vor mir.

"Was machst Du aus Deinem Leben?"

fragt sie mich unvermittelt.

"Lebst Du so sinnvoll wie möglich?

Kannst Du Dir selbst in die Augen schauen?

Erlebst Du jeden Moment bewußt?

Kannst Du guten Gewissens mit Dir leben?"

Ich zucke zusammen, irgendwie peinlich berührt.

"Nein...ich...ja...also...", antworte ich mit

rotem Kopf.

"Siehst Du?" sagt sie triumphierend.

"Ich habe es gewußt.

Wach endlich auf!

Noch ist es nicht zu spät.

Man muß sich immer weiterentwickeln, aber Du

trittst nur auf der Stelle.

Streng Dich endlich an!"

Und die junge Frau verschwindet so plötzlich,

wie sie gekommen ist.

Ich gehe meines Weges.

Plötzlich steht eine alte Frau vor mir.

"Was wirst Du aus Deinem Leben machen?"

fragt sie mich unvermittelt.

"Hast Du vor, es sinnlos verstreichen zu lassen?

Lebst Du in den Tag hinein?

Schlägst Du die Zeit tot mit Unnützem?

Verschließt Du die Augen vor Unbequemem?"

Ich zucke zusammen, irgendwie peinlich berührt.

"Nein…ich…ja…also…", antworte ich mit

rotem Kopf.

"Siehst Du?" sagt sie triumphierend.

"Ich habe es gewußt.

Du wirst noch viel lernen müssen, und Dein Leben

wird nicht immer einfach sein.

Doch Du wirst Deinen eigenen Weg gehen,

so schwer er auch sein mag.

Du darfst nur nie den Mut verlieren.

Ich wünsche Dir viel Glück!"

Und die alte Frau verschwindet so plötzlich,

wie sie gekommen ist.

Ich gehe nach Hause und blicke in den Spiegel.
Ich erkenne das kleine Mädchen, die junge Frau
und die alte Frau in meinem Gesicht.

IV

MEERES-SPIEGEL

Eine Frau und ein Mann lernen sich kennen
und lieben.
Die Frau hat einen geheimnisvollen Glanz
in den Augen.
Sie lebt im Meer und liebt dieses Leben über
alles.
Ihre Nichtgreifbarkeit fasziniert den Mann.
Er bittet sie, zu ihm an Land zu kommen.

"Komm mit mir an Land.
Ich kann Dir mehr bieten, als Du Dir jemals
erträumt hast.
Du wirst nie mehr ins Meer zurückkehren
wollen.
Du kannst mit mir ein neues Leben beginnen,
das aufregend und spannend sein wird.
Bald wirst Du das Meer vergessen haben."

"Ich weiß nicht, ob es richtig wäre, das Meer
zu verlassen.
Ich war hier immer glücklich und zufrieden.
An Land wäre alles fremd und neu.
Ich weiß nicht, ob ich das schaffe."

"Ich helfe Dir über die Anfangsschwierigkeiten
hinweg.
Du wirst Dich schneller an alles gewöhnen, als
Du Dir jetzt vorstellen kannst.
Hab keine Angst.
Ich bin ja bei Dir."

Aus Liebe tut sie ihm den Gefallen.

"Ich werde es versuchen.
Ich möchte Dir aber nichts versprechen, damit Du
nicht zu enttäuscht bist, wenn es nicht gutgeht."

"Du wirst es nicht bereuen.
Es wird Dir nichts geschehen.
Vertrau mir."

"Weil ich Dich liebe, gehe ich mit Dir.
Ich vertraue Dir."

Erstaunlicherweise lebt sie sich recht schnell ein.
Alles ist aufregend und spannend, fremd und neu.
Aber mit der Zeit vermißt sie das Meer immer
mehr.
Sie hat keine Freude mehr an ihrem neuen Leben.
Sie kann an nichts anderes mehr denken als an
ihre Heimat.

"Ich habe Angst, ohne das Meer zu sterben.
Aber ohne Dich will ich auch nicht mehr leben.
Ich habe mich zu sehr an Dich gewöhnt."

"Es wäre viel zu früh, jetzt aufzugeben.
Warte nur ab, bald wird es Dir wieder
bessergehen.
Dein Heimweh ist ganz normal.
Das wird vergehen."

"Ich möchte uns auf keinen Fall aufgeben.
Ich hänge viel zu sehr an Dir.
Ich hoffe, daß uns nichts trennen kann."

Sie glaubt an ihre Liebe.
Doch sie ahnt, daß diese Liebe sie zerstören
wird.
Ihr geht es zusehends schlechter.
Auch der Mann sieht, daß die Frau an Land
bald sterben wird.
Ihre Augen haben ihren geheimnisvollen Glanz
verloren.

"Ich fühle mich schlechter und schlechter.
Ich weiß nicht, ob es mein Heimweh ist.
Ich fühle eine Sehnsucht und Traurigkeit
in mir, die ich nicht beschreiben kann."

"Das Landleben bekommt Dir nicht.
All Deine Freude ist verschwunden.
Es ist nur noch Trauer geblieben.
Ich mache mir große Sorgen um Dich."

"Laß uns noch einmal abwarten.
Vielleicht wird es ja doch noch besser.
So schnell gebe ich nicht auf."

Sie hoffen, daß Sehnsucht und Traurigkeit
mit der Zeit vergehen.
Das ist jedoch nicht der Fall.
Im Gegenteil, ihr Zustand verschlechtert
sich weiterhin besorgniserregend.

Der Mann gibt die Frau schweren Herzens frei
und läßt sie ins Meer zurückkehren.
Er sieht sie noch untertauchen und weiß, daß
sie nur dort überleben kann.

V

(SP)I(E)GEL-GESCHICHTEN

Es ist Frühling.

Auf einer Wiese sitzt ein kleiner Igel.

Er hat eine rote Nase und ganz viele Stacheln.

Seit Tagen verspürt er eine innere Unruhe.

Nun hat er sich auf den Weg gemacht, um seine
unbestimmte Sehnsucht erfüllt zu finden.

Blumen duften, und die alten Bäume tragen ein
wunderschönes Blütenkleid.

Ein Bach rauscht, Vögel zwitschern, und der
kleine Igel läuft über die blühende Wiese.

Die ersten Sonnenstrahlen wärmen ihn.

Er könnte so glücklich sein, aber...

etwas fehlt ihm.

Aber kaum, daß er darüber nachdenken kann,
ist er auch schon eingeschlafen.

Es ist Sommer.

Der kleine Igel sitzt am Strand und beobachtet
die vielen Kinder, die ihre Sandburgen bauen.
Manchmal wagt er sich ein ganz kleines Stück
ins Meer und spielt im glitzernden Wasser.
Wellen rauschen, die Sonne steht hoch am Himmel
und trocknet den kleinen Igel.
Er könnte so glücklich sein, aber...
etwas fehlt ihm.
Aber kaum, daß er darüber nachdenken kann,
ist er auch schon eingeschlafen.

Es ist Herbst.

Der kleine Igel sitzt auf seiner Lieblingswiese
und spielt mit dem bunten Laub und den Kastanien,
die überall im Gras verstreut liegen.

Er beobachtet ein paar Kinder, die einen Drachen
steigen lassen.

Lustig flattert er im Herbstwind.

Als es zu regnen beginnt, rollt sich der kleine Igel
zusammen.

Er könnte so glücklich sein, aber...
etwas fehlt ihm.

Aber kaum, daß er darüber nachdenken kann,
ist er auch schon eingeschlafen.

Es ist Winter.

Der kleine Igel hält seinen Winterschlaf.

Zusammengerollt verschläft er Schnee und Eis.

Wieder ist es Frühling.

Der kleine Igel ist aus seinem Winterschlaf
erwacht.

Noch etwas verschlafen erreicht er seine
Lieblingswiese, die wieder in den schönsten
Farben erblüht.

Auf der Wiese sitzt ein zweiter kleiner Igel.

Er hat eine rote Nase und ganz viele Stacheln.

"Möchtest Du mein Freund sein?"

fragt der fremde kleine Igel.

Plötzlich wird der kleine Igel hellwach.

Und nun weiß der kleine Igel, was er gesucht hat.

5 SPIEGEL-BILDER